LE *PATER NOSTER* DE MONSIEUR COLBERT MIS EN VERS BURLESQUE.

A COLLOGNE,
Chez Pierre Martheau.

M. DC. LXXXIV.

Le *Pater noster* de MONSIEUR COLBERT

Grand Dieu je confesse
mes crimes,
Je sçay qu'il faut les condamner,
Qu'ils meritent les noirs
abysmes,
Et je n'ose plus vous
nommer. *Pater noster*

§

Helas ! pouvoi-je bien
atendre,
Quelqu'heureux état de
coups ?
Et pouvez - vous bien
m'entendre, *qui est in cœlis,*
Puisque je suis si loin de
vous ?

§

Pouvez-vous sauver un
coupable,

Qui s'eſt mocqué de voſtre loy ?
Et dont l'orgueil inſupportable,
ſanctificetur. Vouloit oüyr chanter de ſoy.

§

Ouy, par un deſſein temeraire,
Je voulois m'ériger en Dieu ;
Je voulois lançer le tonnerre,
nömentuum ; Et faire oublier en tout lieu

§

Dèja pour me rendre impoſſible.
Je me jetois dans la douceur,
Et ce qui ſembloit impoſſible,
adveniat Coûtoit ſeulement à

mon cœur.

§

Quoyque le bien des
Provinces
Remplisse tous mes cof-
fres d'or,
Je ne voyois jamais mon
Prince, *regnum*
Sans dire il me faudroit *tuum*
encore.

§

J'afectois tant l'inde-
pendence,
Que je me faisois des
sujets,
Dont la flateuse obeys-
sance, *fiat vo-*
Respondoit à tous mes *lun as tua*
projets.

§

Mes sens charmez de
ces delices,

Faisoient les sourds à ma
raison :
Et vantez parmy tant
vices,
sicut in cælo Je croyois estre en ma
maison.

§

Enfin quoy que je m'i-
magine,
Je ne sçaurois tromper
mes yeux,
Je me vois tomber en
ruine,
& in terra Rempant dedans les
plus bas lieux,

§

Jentens tout le peuple
qui crie,
Ostons ce tyran des hu-
mains,
panẽ no- Alons jetter à la voirye,
strũ quo- Celuy qui nous osta des
tidianum mains

Il craint ſi fort que mon ſupplice,
Ne ſe differe quelque peu,
Qu'il me demamde à la juſtice.
Avec vn arreſt plein de feu.

da nobis hodie.

§

C'eſt trop dit-il, le laiſſer vivre:
Juſtice vos traits ſont trop doux,
Dechirez promtement ce tygre,
Ou l'abandonnez à nos coups.

& dimite nobis

§

Nous avons un droit legitime,
Sur ce cruel & ſur ſon ſang;

debita nostra, Nos sueurs ont noury
son crime,
Et nous pouvons nommer son sang.

§

Ne nous donnez donc
plus de peine,
Ne prenez plus pour luy
de soin,
Et laissez agir nostre
hayne,
sicut & nos Car vous ne le connoissez point.

§

Faites qu'un arest équitable,
Nous rende maistre de
son sort,
Et d'un esprit inexorable,
dimittimus Nous ne dirons qu'aprés sa mort

Employons toute nostre
rage,
A le tourmenter juste-
ment.
Car nous voulons van-
ger l'outrage,
qu'il fit souffrir injuste-
ment.

debitoribus nostris

§

C'est asteure qu'un peu-
ple en colere,
Me prepare mille dou-
leurs :
Mais Dieu qui voyez ma
misere,
Retirez moy de ces mal-
heurs.

Et ne nos jnducas

§

Soutenez mon ame a-
batuë,
J'apréhende qu'un de-
sespoir,
Ne luy donne un coup

intenta-tionem:

qui la tuë;
Et ne me fasse à la fin
ſçhoir.

§

Seigneur ſoyez moy
donc propice,
Et donnez-moy vn cœur
contrit:
Ne ſouffrez point que
je languiſſe,
Sous la loy du malin
Eſprit.

ſed libera nos á malo.

§

Je ſçay qu'une faveur ſi
grande,
Ne ſçauroit venir que
de vous,
Que le fer de cette de-
mande,
Nous faſſe connoître de
tous.

Amen

FIN.

www.ingramcontent.com/pod-product-compliance
Lightning Source LLC
LaVergne TN
LVHW050518160826
845677LV00003B/1210

* 9 7 8 2 3 2 9 6 1 9 5 3 8 *